L'ANGLAIS MAL SERVI

OU LES

Étourderies de Pierre Léveillé

SCÈNE COMIQUE

POUR DISTRIBUTIONS DE PRIX, FÊTES DE FAMILLE,
RÉCRÉATIONS LITTÉRAIRES, ETC.,

par

JOVIAL ET FRISEPOULET.

SAINT-ÉTIENNE

PASTEUR, LIBRAIRE, RUE FROIDE.

—

1865

PERSONNAGES :

PIERRE LÉVEILLÉ, domestique.

LORD ORTEICH.

UN MAITRE DE PENSION, marchand de chiens.

UN SAVOYARD, mendiant.

UN SAVOYARD, ramoneur.

RABAUD, filou de profession.

SOUBA, joaillier.

L'ANGLAIS MAL SERVI

ou

LES ÉTOURDERIES DE PIERRE LÉVEILLÉ

scène comique

PAR

JOVIAL ET FRISEPOULET.

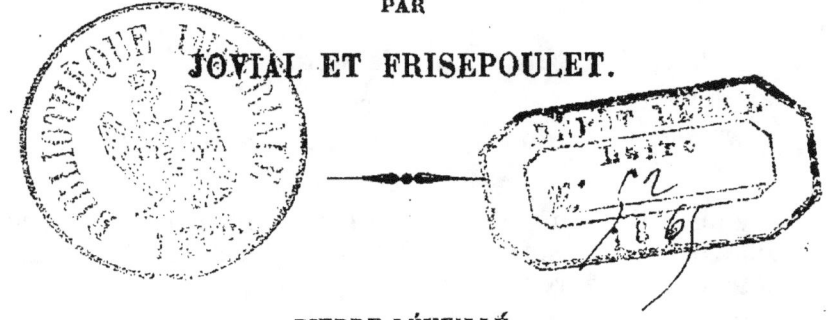

PIERRE LÉVEILLÉ.

En ai-je fait du chemin depuis que je suis tombé du berceau ? cocher, marchand, garçon boucher, garçon boulanger, garçon droguiste, cuisinier par-ci, marmiton par-là, commis à l'octroi. Là, par exemple, j'étais bien ; mais il en fallait de la finesse ; il en fallait trop : on m'a renvoyé poliment au bout de huit jours en me disant qu'une bête et moi ça faisait deux. C'est, qu'en effet, là, il en passe de ces flibustiers qui ne cherchent qu'à filouter l'employé ; ils vous ont de ces petits calculs au moyen de quoi huit et huit font douze. Tiens, voici l'Anglais, mon maître.

LORD ORTEICH.

Pierr ?

PIERRE LÉVEILLÉ.

Milord ?

LE LORD.

Moâ vouloir donner à toû.....

PIERRE. (Il tend la main.)

Oh ! milord, vous êtes bien bon ; je suis heureux.....

C.

LE LORD.

Oh ! yès, moâ donner à toâ.....

PIERRE. (Il tend toujours la main.)

Oui, milord, donnez.....

LE LORD.

Une pétite commissionne.....

PIERRE.

Ah ! ce n'est que ça. (Il retire la main et dit à part :) Toujours des déceptions.

LE LORD.

Toâ vouloir partir toute de suite

PIERRE.

Milord, mes deux jambes sont à votre service.

LE LORD.

Faut aller porter cette argent à mossé Souba, rue du Plat, 46, et le dite mossé Souba remettra à vô une diamant que vous portérez à moâ toute de suite.

PIERRE.

Je vais partir, milord. (Il prend la bourse.)

LE LORD.

Bonne !.... (Il sort.)

PIERRE.

Voilà déjà un des mauvais côtés de la chose. Ces Anglais vous parlent français comme de vrais Allemands ; on ne comprend rien, la moitié du temps, à leur baragouin de langage, sauf ces mots qu'ils vous jettent au nez comme une pierre à la tête et que l'on comprend très-bien ; tels sont entre autres les mots *bête, stioupide*, etc. Enfin bref, c'est pas le tout : Voilà de l'argent, si je ne me trompe (Il compte.) Ben ! deux cents francs ;.... deux cents francs à remettre à.....

RABAUD. (En entrant.)

Bonjour, monsieur.

PIERRE. (Se retournant étonné et mettant vite la bourse dans sa poche.)

Eh ! bonjour, monsieur.

RABAUD.

Comment vous portez-vous ?

PIERRE.

Pas mal, merci, et vous, comment vous nommez-vous ?

RABAUD.

Je m'appelle Rabaud.

PIERRE.

Rabot ! ça c'est connu des menuisiers, mais moi c'est pas mon affaire.

RABAUD.

Je vous assure que vous me connaissez.

PIERRE.

Je vous assure que je ne connais d'autres rabots que ceux des menuisiers, et encore j'y suis pas fort.

RABAUD.

Alors donc nous allons faire connaissance. On vient de vous remettre deux cents francs ?

PIERRE. (A part.)

Tiens ! est-il drôle celui-là..... Qué que ça vous fait ?

RABAUD.

Où sont-ils, s'il vous plaît ?

PIERRE.

Où ils sont ?

RABAUD.

Oui.

PIERRE.

Pardine ! ils sont dans la bourse.

RABAUD.

Et la bourse, où est-elle ?

PIERRE.

Où elle est ?

RABAUD.

Oui.

PIERRE.

Elle est avec l'argent, pardine !

RABAUD.

Mais où sont-ils tous les deux ?

PIERRE. (A part.)

En voilà un homme curieux. Tous les deux ?

RABAUD.

Oui, tous les deux.

PIERRE.

Eh ! bien ils sont..... ils sont..... pardine ! ils sont ensemble.

RABAUD.

Mon ami, j'en sais autant que vous, malgré votre silence : l'argent est dans votre bourse et la bourse est dans votre poche. C'est de l'argent que votre maître vient de vous donner pour porter à M. Souba, joaillier, rue du Plat, 46.

PIERRE.

C'est y drôle, ça, tout de même. Et moi qui avais oublié l'adresse. Répétez, monsieur, s'il vous plaît.

RABAUD.

Monsieur Souba, joaillier, rue du Plat, 46.

PIERRE.

C'est cela, parfaitement, monsieur. Je vous remercie. Mais alors vous avez écouté et regardé par le trou de la serrure.

RABAUD.

Du tout.

PIERRE.

Mais alors quelqu'un vous l'a dit.

RABAUD.

Du tout.

PIERRE.

Mais enfin j'y vois que bleu là-dedans.

RABAUD.

Lorsque votre maître vous parlait j'étais à deux lieues d'ici.

PIERRE.

Eh ! bien.

RABAUD.

Eh ! bien, j'ai tout entendu.

PIERRE.

Tout entendu, à deux lieues d'ici ! En voilà une qui s'appelle... Vous avez alors des oreilles d'une longueur...

RABAUD.

J'ai des oreilles ordinaires.

PIERRE.

C'est impossible. Alors c'est pas à un rabot que je parle, c'est au diable.

RABAUD.

Peut-être.....

PIERRE.

Adieu, alors. (Il part et Rabaud le saisit par la veste.)

RABAUD.

Je plaisante.

PIERRE.

Moi je ne plaisante pas. (Il fait des efforts pour se débarrasser.) Je ne veux rien avoir à faire avec des gens comme ça.

RABAUD.

Allons donc ; vous êtes bien simple.

PIERRE.

Parlez franc, c'est y tout de bon que vous êtes.....

RABAUD.

Je suis comme vous, quoi ! un homme tout pur. N'ayez pas peur.

PIERRE revient.

C'est que..... on ne badine pas avec des gens comme ça. Mais j'y pense alors, monsieur Rabaud, je vous prie de vous couvrir.

RABAUD.

N'y faites pas attention.

PIERRE.

Je vous en prie, couvrez-vous, vous prendriez froid.

RABAUD.

Du tout, si je mettais le chapeau sur ma tête vous ne me verriez plus.

PIERRE.

Ah ! comment donc ?

RABAUD.

J'ai trois vieux chapeaux qui ont tous une propriété particulière et extraordinaire.

PIERRE.

Ah !

RABAUD.

L'un des trois, une fois qu'il est sur ma tête, me fait entendre tout ce qu'on dit, serait-on à dix lieues de distance.

PIERRE.

Est-ce possible ?

RABAUD.

Le deuxième me fait faire 20 lieues à l'heure, et le troisième qui est celui-ci (Il le tient à la main) me rend invisible.
C'est pour cette raison que depuis mon arrivée je suis resté
découvert, persuadé que si je le mettais sur ma tête vous
ne pourriez pas me voir.

PIERRE.

Maintenant je ne suis plus surpris que vous ayez vu et
entendu tout ce qui s'est passé lorsque mon maître était
là !....

RABAUD.

Sans doute, j'ai tout vu.

PIERRE.

Mais décidément je crois que le diable est pour quelque
chose là dedans.

RABAUD.

Il n'y a pas plus de diablerie là que sur ma main.

PIERRE.

Vous croyez ?

RABAUD.

C'est une invention comme une autre : il y en a tant au-
jourd'hui !

PIERRE.

Oh ! ça, c'est pas l'embarras, on vous invente aujour-
d'hui des choses que ça fait trembler. Est-ce qu'on ne
trouverait pas à acheter dans quelque boutique un de ces
chapeaux ?

RABAUD.

J'en suis le seul inventeur propriétaire breveté dernière-
ment, avec médaille d'or à l'Exposition, etc.

PIERRE.

J'aimerais bien celui qui rend invisible, car mon maître,

autrefois grand boxeur, a la désagréable habitude de me rosser, et il n'a jamais peur que d'une chose.

RABAUD.

De vous faire du mal, sans doute ?

PIERRE.

Non, de me manquer ; ce qui n'arrive guère, vu qu'il n'est ni myope ni manchot.

RABAUD.

Vous tiendriez donc à ce chapeau ?

PIERRE.

Oui, et pour cause..... il y a tant de fois qu'il me serait utile.

RABAUD.

Aurez-vous assez d'argent ?

PIERRE.

C'est donc bien cher des chapeaux comme ça ?

RABAUD.

Sans doute ; on ne les donne pas à moins de deux cents francs, dernier prix.

PIERRE.

Deux cents francs ? il faudrait que je prisse dans la poche de mon maître.....

RABAUD.

Mais du tout, n'avez-vous pas deux cents francs sur vous ?

PIERRE.

Bien sûr, mais c'est une commission.....

RABAUD.

Eh ! bien.....

PIERRE.

Eh ! bien..... c'est que c'est pour le coup que je serais boxé au point de rendre l'ame.....

RABAUD.

Mais du tout : vous mettez votre chapeau sur la tête et immédiatement vous vous rendez invisible : votre maître n'a rien à faire avec les esprits ; vous pouvez alors lui faire des grimaces sans qu'il s'en aperçoive.

PIERRE.

Que dites-vous là ? mais c'est vrai, c'est bon ça. Mais

avec ce chapeau aussi je puis faire fortune ; il y a aujour-
d'hui tant de gens, sans parler des grands voleurs, qui
voudraient de temps en temps se rendre invisibles. Il y a là
un moyen de rendre de petits services et de retirer de
grands profits. C'est dit : donnez-moi votre chapeau et
voilà les deux cents francs. (Il sort la bourse et la lui donne.)

RABAUD.

Merci. (Il lui donne le chapeau.) Tenez, voilà.

PIERRE.

Essayons-le vite. (Il le met sur la tête.) Eh ! qu'il me va
bien ; on dirait qu'il a été fait sur mesure. Eh ! me voyez-
vous ?

RABAUD.

Je vous entends, mais je ne vous vois pas.

PIERRE.

Ah ! que c'est curieux..... Allez plus loin, là-bas au
fond, et dites si vous m'apercevez. (Rabaud va vers l'extrémité
du théâtre.) Eh ! bien, là me voyez-vous ?

RABAUD.

Je ne vous vois nullement ; pas plus que si vous n'y
étiez pas.

PIERRE.

Pas possible ? Regardez bien.

RABAUD.

Je vous dis que je ne vois rien.

PIERRE.

Ah ! que c'est drôle ! que c'est drôle ! comme je vais rire !

RABAUD.

Eh ! bien, adieu, monsieur, au revoir ; j'ai une affaire
pressante qui me réclame. (Il sort.)

PIERRE.

Eh ! bien, adieu, monsieur Rabot, et merci. (Seul.) Oui,
merci, monsieur Rabot. Me vendre deux cents francs un
tel chapeau ! ça vaut un bon merci. Faut-il qu'il soit sot, ce
pauvre Rabot.. Ah ! que je suis content. J'ai des millions
sur ma tête.

LE LORD (en rentrant).

Moâ vouloir foir si Pierr a faite son commissionne.....
Pierr ?

PIERRE. (A part.)

Il ne me voit pas.

LE LORD.

Pierr?

PIERRE.

Il ne me voit pas, quelle chance ! (Il lui fait la grimace.)

LE LORD.

Ah ! té voilà dé rétoure ?

PIERRE.

Oui, milord. (A part.) C'est qu'il ne voit pas que j'ai mon chapeau.

LE LORD.

Toâ, Pierr, avoir faite la commissionne à moâ?

PIERRE.

Monsieur, je suis invisible.

LE LORD.

Comment ? invouisible.

PIERRE.

Eh ! oui, c'est-à-dire que vous ne me voyez pas.

LE LORD.

Comment? moâ ne voire pas toâ.

PIERRE.

Oui; si vous saviez bien ce que c'est que ce chapeau, vous sauriez bien que vous ne me voyez pas.

LE LORD.

Et quelle est doncque cette chapeau ?

PIERRE.

C'est..... le chapeau..... des chapeaux ; un chapeau qui est chapeau comme il n'y a pas de chapeaux dans tous les chapeaux qui sont chapeaux.

LE LORD.

Quelle diable de galimatiasse viens-tu faire à moâ ! Moâ voire pas toâ ? Tiens. (Soufflets qu'il lui donne.) Toâ au moins sentir moâ.

PIERRE.

Ouf ! ouf ! Ma foi, s'il ne me voit pas, il m'attrape bien. (Il ôte le chapeau.) Je l'ai peut-être mal mis, essayons de l'autre sens.

LE LORD.

Eh ! bien, sotte, toâ dire encore que je ne te vois pas.
(Nouveaux soufflets ; le chapeau tombe.)

PIERRE (en le ramassant).

Pardine ! c'est bien malin, je n'ai plus mon chapeau sur
la tête. (Il le remet.) Là, me voyez-vous, à présent ?

LE LORD.

Yès, moâ te voire encore bien. (Autres soufflets.)

PIERRE.

Oh ! là, là, oh ! là, là. (Le lord le frappe avec le pied.) Oye ! oye !
oye ! Ne me ruez donc pas, milord, comme ça. Eh ! bien,
oui, je vous vois, vous me voyez, et je vous sens encore
mieux.

LE LORD.

Ma commissionne ?

PIERRE.

Votre commission ?

LE LORD.

Oui, et les deux cents francs ?

PIERRE.

Ah ! l'argent. (A part.) Oui, voilà le chiendent. Ne m'en
parlez pas.

LE LORD.

Est-ce que toâ l'aurais escamôté.

PIERRE.

Du tout ; il était dans ma poche tout-à-l'heure, maintenant il n'y est plus. (Il se fouille.) J'ai beau chercher, il n'y a
rien.

LE LORD.

Oh ! yès ; il n'y a plus de bonne foi..... O tempora, o
môres.

PIERRE.

Mais vous n'y pensez pas, milord ; le temps des mûres
est passé : ça ne vient que l'hiver.

LE LORD.

Oh ! yès, mais mon argente doit venir toute de suite.

PIERRE.

Ne m'en parlez pas, milord ; comme vous venez de le
dire, il n'y a plus de bonne foi dans le monde ; les valets

volent leurs maîtres, les employés leurs patrons, les amis leurs amis, etc. De sorte que.....

LE LORD.

De sorte que.....

PIERRE.

De manière que..... (A part.) Diable, que ça coûte à dire un mensonge ! (Haut) De façon que M. Souba a gardé l'argent et le diamant disant qu'il n'avait rien reçu et ne voulait rien donner.

LE LORD.

Yès ? A qui se fier désormais..... Moâ aller toute de suite reprocher à lui.

PIERRE.

Ne vous en avisez pas, milord. (A part.) Diable ! cela ne ferait pas mon affaire.

LE LORD.

Toâ tu dis à moâ qu'il a dite ?

PIERRE.

Il a dit qu'il ne vous devait rien.

LE LORD.

Eh ! bien, moâ le prouver toute de suite.

PIERRE (l'arrêtant encore).

Un moment, milord, c'est qu'il ne faut pas.....

LE LORD.

Pourquoâ retenir moâ ?

PIERRE.

C'est qu'il a dit que si vous y alliez il vous ferait passer le goût des bonnes choses.

LE LORD.

Et qu'est-ce donc que à dire.

PIERRE.

Cela signifie qu'il vous tuera jusqu'à ce que la mort s'en suive.

LE LORD.

Et après ?

PIERRE.

Après? Eh bien ! c'est que une fois mort, vous ne serez plus en vie.

LE LORD.

Comment, lui vouloir tuer moâ?

PIERRE.

Oui ; et je n'entends pas qu'un maître dont je ne veux que le bien aille chercher du mal de gaîté de cœur.

LE LORD.

Nô, nô, moâ vouloire aller trouver lui.

PIERRE.

Non, monsieur, vous n'irez pas. (Il se met devant lui pour l'empêcher d'avancer.)

LE LORD.

J'irai, moâ.

PIERRE. (A part.)

Oh ! que les Anglais sont têtus. (Haut.) Je ne veux pas, milord. (A part.) Ça perdrait tout.

LE LORD.

Je le veux, moâ.

PIERRE.

Eh bien ! si vous y allez, vous savez qu'il en veut à votre vie.

LE LORD.

Toâ le dire, au moins.

PIERRE.

Eh bien ! puisque vous êtes inflexible, allez-y ; mais sachez bien qu'il vaut mieux tuer le diable que si le diable nous tue ; allez-y, et sitôt qu'il paraîtra, donnez-lui un bon coup d'épée.

LE LORD (A part.)

Cette conseille achève d'éclairer moâ ; le coquine s'est emparé de mon bourse et du diamant. (Haut.) Eh ! quoi, tu conseiller à moâ de tuer une homme qui ne m'a jamais faite du mal, une homme qui m'aimait...

PIERRE.

Oui ; un homme qui projette de vous embrocher, croyez-moi, embrochez-le plutôt.

LE LORD.

Moâ vite partir.

PIERRE.

Attendez une minute, j'ai ici une épée, je vais vous la chercher. (Il va la chercher et la remet au lord.) Tenez, milord; ne le marchandez donc pas au moins.

LE LORD. (Ils vont tous les deux du côté droit du théâtre, et le lord dit à Pierre) :

Allons, Pierr, toâ frapper à la porte de M. Souba. (Pierre frappe et se sauve aussitôt.) Où va donc toâ?

PIERRE.

Je vas.... je ne veux pas qu'il..... je n'aime pas voir tuer, moi, ça me fait brrrrr. (M. Souba se montre à l'extrémité du théâtre et s'explique à voix basse avec lord, à qui il dit qu'on ne lui a pas remis les deux cents francs et qu'il n'a pas, en conséquence, refusé de donner le diamant.)

PIERRE. (du côté opposé et montrant la tête au-dessus des coulisses.)

Tuez-le! tuez-le donc!

(Le milord feint de porter un coup d'épée au joaillier qui tombe comme mort; alors le lord appelle Pierre.)

LE LORD.

Pierr! Pierr!

PIERRE.

C'est-y fait, milord?

LE LORD.

Yès, yès, toâ pouvoir venir. (Pierre vient sur le théâtre.)

PIERRE.

C'est bien, ah! le gredin, le voilà. Donnez-moi cette épée, milord.

LE LORD.

Nô, nô, pour faire toâ laquelle chose?

PIERRE.

Pourquoi faire, milord? pour le rachever en cas de besoin.

LE LORD.

Nô, nô, toâ assurer à moâ qu'il a nier la dépote.

PIERRE.

Pardine! il est là pour me démentir.

LE LORD.

Qu'il n'a rendu à toâ ni l'argent ni le diamant. Lui avoir dit à moâ le contraire.

PIERRE.

Comment! traître! imposteur! vous osez soutenir.....
eh! non, il ne le soutient pas. M'avez-vous remis le diamant
et avez-vous voulu reconnaître les deux cents francs que je
vous ai remis?..... Voyez-vous il n'ose rien dire. Ah! c'est
que s'il disait quelque chose, je serais là pour le démentir.
(Ici M. Souba se lève et frappe sur l'épaule de Pierre, qui se retourne
effrayé.)

PIERRE.

Eh! là, là, quelle peur!

SOUBA.

Oui, me voilà, coquin. C'est ainsi que vous jouez votre
maître, malheureux! savez-vous que vous vous êtes mis
dans un mauvais cas? Il ne tiendrait qu'à lui ou à moi de
vous livrer à la police. Vous réclamiez ma mort, espérant
sans doute qu'elle vous mettrait à l'abri du châtiment et,
au contraire, vous n'avez fait qu'aggraver votre faute. Vous
baissez la tête, et la honte.....

PIERRE.

Oui, monsieur Souba, je suis en effet bien honteux..... et
contrit.

LE LORD.

Çà n'être pas toute, et mon bourse, et les deux cents
francs à moâ également.

SOUBA.

Que lui demandez-vous, milord. Voici le mystère; je sais
tout. Il vient de se laisser prendre dans un panneau où ne
tombent d'ordinaire que les imbéciles. Un filou est venu
lui dire qu'il avait un chapeau merveilleux, à l'aide duquel
on se rendait invisible. Lui, crédule comme Simplice et
bête comme une oie, lui a donné vos deux cents francs et a
gardé le chapeau, croyant avoir fait une brillante affaire.
Le filou est parti avec les deux cents francs, laissant sa dupe
avec un chapeau qui n'a d'autre vertu et d'autre mérite que
d'être vieux et troué. (Il prend le chapeau de Pierre.) Voyez ça,
deux cents francs! ça vaut-il deux sous? Vous voyez, monsieur le fripon, que je sais....

PIERRE.

Ah! oui, vous n'en savez que trop.

LE LORD.

Moâ comprendre enfin le raisonne pour lequel lui voulait se rendre invouisible à moâ. Ah ! mossé le drôle !

SOUBA.

Je m'en vais maintenant, milord, c'est à vous de lui infliger le châtiment que vous jugerez convenable. Il est un peu à plaindre, car je le crois plus bête que méchant. (Il sort.)

LE LORD.

Faut-il, Pierr, mettre toâ entre les mains des policemen ?

PIERRE.

De grâce, milord, laissez-moi entre les vôtres.

LE LORD.

Alors, moâ rogner les gages à toâ.

PIERRE.

Ah ! milord, rognez, prenez tout ce que vous voudrez, pourvu qu'on ne me prenne pas.

LE LORD.

Toâ, en effête, n'être pas méchante, mais toâ être bête beaucoup. Moâ donc te faire grâce en faveur de ton bêtise.

PIERRE.

Je vous remercie, milord.

LE LORD.

Mais toâ promettre à moâ de n'être plus si bête.

PIERRE.

Je vous le promets.

LE LORD.

Bonne ! tu sais que mon cheminée il fume beaucoup fort.

PIERRE.

Oui, milord, et je ne sais vraiment pas comment vous pouvez rester dans votre chambre avec une cheminée semblable.

LE LORD.

Eh bien ! toâ aller chercher une garçonne savoyard pour le ramonement de mon cheminée.

PIERRE.

J'y vais tout de suite, milord.

LE LORD.

Encore une commissionne ; toâ m'amener en même temps

un master de pensionne pour y mettre mon fils Tom, à son pensionne. Ce master est à vingt pas de mon maisonne.

PIERRE.

Très bien, milord; me voilà parti.

LE LORD (Seul.)

Moâ avoir peu de patience; si le savoyard ne vient pas gratter vite mon cheminée, moâ boxer toute de bonne ma sotte de Pierre, car le fumement de mon cheminée, ça fait tousser moâ. Moâ entendre le chantement d'une savoyard peut-être (Il entend en effet chanter; (1) la voix avance et retentit de plus en plus, et un savoyard ayant une marmotte dans une caisse, arrive sur le théâtre.)

LE SAVOYARD MENDIANT (ayant fini de chanter).

Moussia, un petit liard (il tend la main) s'il vous plaît.

LE LORD.

Moâ ne donner rien du toute aux vagabonds; moâ vouloir qu'on gratte mon cheminée.

LE MENDIANT.

Mon frère va venir, Moussia, gratta votre chemina.

LE SAVOYARD RAMONEUR (il chante derrière le théâtre :

Eh! ramona la chemina de haut en bas.

LE MENDIANT.

Voici, mon frère, moussia.

LE LORD.

Bonne...

LE RAMONEUR (tout noir avec un grand bonnet de laine sur la tête : il entre)

Bonjour, Moussia, on m'a dit que vous vouliez faire ramona votre chemina, et j'arriva vite.

LE LORD.

Oyès, moâ t'avoir faite appeler pour le ramonement de mon cheminée. Combien faut-il pour ne plus fumer?

LE RAMONEUR.

Quinze sous, moussia.

---

(1) Ce savoyard chante la chanson : *Le Petit-Jean*, paroles et musique de F. Bérat. On trouve cette chansonnette chez tous les marchands de musique au prix de 0,20 centimes.

LE LORD.

Oh quinze sous? c'était beaucoup! je ne donnerai jamais quinze sous!.. si vous voulez pas le faire pour un franc, allez vous-en.

LE RAMONEUR.

Donna toujours, je grimpa. (Le lord lui fait voir à l'extrémité gauche du théâtre l'endroit où il faut grimper.)

PIERRE. (Arrivant tout essoufflé.)

Me voici, milord, vos deux commissions sont faites. Le maître de pension va venir, et le ramoneur... est-ce petit porte-marmotte?

LE LORD.

Nô, c'était son frère; l'autre être après gratta mon cheminée. (Le ramoneur chante en haut des coulisses (1).

PIERRE.

Tiens, il est déjà en haut: il a fini; je vais vite mettre du bois et nous verrons si çà fume encore. (A part.) Il faut par mon zèle réparer mes bêtises. (Il sort.)

LE RAMONEUR. (Derrière le théâtre toujours.)

Holà, holà, moussia, j'ettouffa.

LE LORD.

Pierr? (Pierre rentre.)

PIERRE

Milord?

LE LORD.

Toâ faire brûler le savoyard.

LE MENDIANT. (Courant derrière le théâtre, puis revenant aussitôt.)

Eh! oui venez voir mon frère qui roule dans les cendres.

LE LORD.

Ah! yès, il est défunt lui: eh bien! combien ça coûtait à Paris pour faire rôtir un savoyard.

PIERRE. (Il accourt pour voir si cela est vrai.)

Mais, milord, je ne crois pas; je vais voir. (Il rentre avec le jeune ramoneur.) Vous voyez, milord, qu'il n'est pas encore mort.

---

(1) *Jacquot*, chansonnette comique qui se trouve chez tous les marchands de musique.

LE LORD.

Oh ! yès, mais toâ être trop pressé ; toâ ne réfléchir jamais. (S'adressant au ramoneur.) Tiens voilà, petit noiraud, une guinée pour avoir failli rôtir toâ.

LE MENDIANT. (Tendant la main.)

Moussia, un petit sou à moi pour avoir chanté.

LE LORD.

Toâ donner une petite sou à conditionne que toâ danseras une larirette larira avec ton noiraud de frère.

LE MENDIANT.

Oui, moussia tout de suite. (Ils dansent; l'Anglais les regarde d'un air flegmatique, Pierre rit.)

LE LORD.

C'était bonne ! Assez ! Voilà une autre guinée. (Il donne une guinée au mendiant savoyard.)

LES DEUX SAVOYARDS.

Merci, Moussia. (Ils sortent.)

LE LORD.

Eh ! bien, Pierre, toâ m'avoir trompé ; le maître de pensionne n'arrive pas.

PIERRE.

Il ne tardera pas, allez.

LE LORD.

Moâ aller voir s'il est bien faite le ramonnement de mon cheminée, en attendant le master arrivera.

PIERRE.

C'est cela, milord. (Le lord sort.)

PIERRE.

Diantre tes commissions ! je crains d'avoir fait encore une bêtise. Mon maître m'a envoyé lui chercher un maître de pension, lequel reste dans notre rue, mais à côté de cette pension il y en a une autre où l'on élève les chiens, et je crains d'avoir été juste dans celle-là ; dans la cour il y avait des chiens, dans l'écurie des chiens, a la porte des chiens ; c'était une véritable chiennerie. Ma foi, je ne sais maintenant comment faire : milord ne voudra pas mettre certainement son fils avec des chiens..... Tant pis ! je ne vais rien dire, mais je tremble pour cette entrevue.....

LE LORD. (En rentrant.)

Eh ! le master n'était pas encore là.

PIERRE.

Non milord. (Le maître de pension entrant du côté opposé.) Mais tenez, le voilà.

LE MAÎTRE.

Bonjour, milord.

LE LORD.

Bonne jour, mossé le master de pensionne, on avait dit à moâ que votre bâtiment il était extrêmement renommé et je voulais amener à vô mon fils Tom.

LE MAÎTRE.

Tom? tiens! nous en avons déjà deux qui répondent à ce nom-là.

LE LORD.

Eh! bien ça fera Tom troisième.

LE MAÎTRE.

Milord, vous ne pouviez pas mieux vous adresser ; j'ai des élèves de toutes les parties du monde et je puis vous certifier, sans modestie, que je sais les dresser : j'ai des danois, des anglais, etc.

LE LORD.

Oh! très-bonne ; vô avez aussi des anglais?

LE MAÎTRE.

J'en attends même de Terre-Neuve.

LE LORD.

Oh! bien de Terre-Neuve, colonie anglaise ; Tom il sera avec des compatriotes.

PIERRE. (A part.)

C'est ça, c'est ça ; je suis perdu.

LE MAÎTRE.

Je vous dis qu'il ne peut pas être mieux que chez nous.

LE LORD.

Expliquez à moâ la nourriture, car c'est beaucoup fort essentiel.

LE MAÎTRE.

Oh! quant à la nourriture, à la pâture, c'est très-substantiel et confortable. Tous les matins, c'est la soupe ; par exemple à midi, la soupe, et le soir pour changer encore la soupe.

LE LORD.

Oh! yès le soupe, il est très-confortable le soupe de

bouilli; et vous ne donnerez pas aussi à lui de la viande ? il est également beaucoup confortable la viande.

LE MAÎTRE.

Pour vous, milord, je ne dis pas; mais voyez-vous, ça leur y cause des inconvénients qu'il est superflu de vous détailler; seulement de temps en temps on leur donne un os à ronger pour les amuser... une savate à déchirer; ça leur aiguise les dents, et puis la pâtée une fois par semaine.

PIERRE. (A part.)

Des os, des savates à ronger ! c'est ça, c'est un éleveur de chiens ; je suis perdu.

LE LORD.

Oh yès, la salade et le pâté, ça était entremêlyé encore mieux. Je veux à vô payer cher, car moâ je trouve que cette éducationne est bon.

LE MAÎTRE.

Je leur apprends aussi à faire l'exercice, à être de garde. Je les dresse pareillement pour la chasse, et leurs y donne de la grâce et de l'agilité; je vous les fait sauter par dessus les ficelles et des manches à balai.

LE LORD.

Yès ! yès le gymnastique ! Ça formait le esprit et le cœur. Oh ! diable ! je avais oublié de dire à vô que Tom il était très-disposé à rapporter.

LE MAÎTRE.

- Eh ! bien tant mieux.

LE LORD.

Oh ! c'est fort juste ! les maîtres, ils aiment beaucoup fort que les élèves qu'ils rapportaient; mais je tenais beaucoup pour qu'il ne se battait pas avec les autres.

LE MAÎTRE.

Soyez tranquille, milord, je les attache quand ils se battent... Je n'aime pas les batteries... Le fouet!.. le fouet!.. je ne connais que ça.

LE LORD.

Oh ! yès le fouet ! dans mon jeunesse ils me ont donné beaucoup le fouet dessus..... On n'épargnait pas pour mon bien; si j'avais moâ reçu une éducation bon, c'est que l'on fouettait nous dans Oxford fort; mais master, il reste à connaître de votre collége le prix total.

LE MAÎTRE.

Vous allez peut-être trouver que c'est cher, c'est douze francs par mois, sauf une diminution quand on m'envoie deux élèves à la fois.

LE LORD.

C'était ça magnifique et pas cher ! et pour les appartements?

LE MAÎTRE.

Chacun a sa niche.

LE LORD.

Oh ! diable certainement oui ! chacun a son petit chambre cellulaire. A propos, et la propreté?

LE MAÎTRE.

Soyez tranquille là dessus ; ils sont très-propres : tous les matins brossés, peignés et l'été une fois la semaine à la à la rivière.

LE LORD.

Oh yès les bains de mer.

LE MAÎTRE.

Et tondus tous les printemps.

LE LORD.

Oh ! yès la coupe de cheveux ; mais moâ aimerait la coupe de cheveux quatre fois par an.

LE MAÎTRE.

Oh ! milord, une fois dans l'année c'est bien suffisant pour des chiens.

LE LORD.

Comment ! vous élevez donc des chiens?

LE MAÎTRE.

Oui, milord.

LE LORD.

Et vous voulez que je mette Tom avec des chiens ! Tom mon fils. Vous étiez une malhonnête.

LE MAÎTRE.

Mais, milord, moi je ne savais pas.....

LE LORD.

Et moâ dire que vô étiez un stioupide ! Vouloir mettre mon petit Tom avec des chiens ! Moâ vouloir boxer vous.....

LE MAÎTRE.

Quant à ça milord, c'est une autre affaire; si vous y tenez, moi je me charge de me défendre. J'ai déjà boxé plusieurs Anglais qui n'étaient pas plus insolents que vous, milord.

LE LORD.

Vou êtes une rien du toute, une bête de stioupide.

LE MAÎTRE.

Et vous, vous êtes un cornichon.

LE LORD.

Un cornichonne! (Se tournant vers Pierre.) Quest-ce que ça voulait dire un cornichonne?

PIERRE.

C'est un légume qui est très-agréable quand il est confit dans le vinaigre.

LE LORD.

Bonne! alors il flatte moâ; mais moâ demander à vous, master, si j'étais un cornichonne confit ou un cornichonne pas confit?

LE MAÎTRE.

Cuit ou confit, vous êtes un fameux dindon!

LE LORD.

Dindonne! Pierre? (Se tournant encore vers Pierre.) Qu'est-ce que ça un dindonne?

PIERRE.

C'est un excellent oiseau domestique qui n'est pas pour les domestiques, mais seulement pour les bouches bien nées et bien faites comme la vôtre, milord.

LE LORD.

Alors lui flattait toujours moâ.

PIERRE.

Oui, milord.

LE LORD. (Se tournant vers le maître.)

Eh! bien moâ ne pas vouloir être flatté par une ganache.

LE MAÎTRE.

Et moi ne pas vouloir être insulté plus longtemps par une bête d'Anglais.

LE LORD.

Moâ donner à vous un coup de poingt très-grande. (Il la menace du poingt.)

LE MAÎTRE.

Je ne suis pas manchot. (Il lui montre le sien.)

LE LORD.

Yès, yès, et moâ je sais aussi fort la boxe et j'assommerai vous.

PIERRE.

Milord, si vous voulez vous livrer avec ce monsieur au jeu peu amusant de la boxe, vous ne feriez pas mal, je crois, d'aller plus loin, là bas dans la cour ; car ici vous seriez entendus et vus des sergents de ville qui n'entendent pas les plaisanteries et puis.....

LE LORD.

Yès, yès ; moâ boxer lui fort dans la cour.

LE MAÎTRE.

Si ce n'est que ça, milord, je vous suis : je ne suis pas poltron, moi.

LE LORD.

Vous n'était pas poltronne et moâ donc !

LE MAÎTRE.

Eh ! bien en avant.

PIERRE.

C'est cela, allez dans la cour, là vous serez plus à votre aise. (Ils partent et Pierre reste seul.) Faut-il les suivre ? pardine oui ! je vais aller me faire assommer ? Viendrait un moment où pour les séparer il faudrait me mettre entre les deux, ce qui ne serait pas amusant ; je serais le dindon de la farce ; je suis assez dindon comme ça ; oui, je suis un gros dindon ; car à vrai dire c'est moi qui suis la cause de tout, par ma légèreté. Le lord, mon maître, m'avait dit d'aller lui chercher un maître de pension auquel il put confier son fils Tom et je lui ai envoyé un éleveur de chiens !

Air connu :

Aussi je le déclare net,
Si je n'étais le pauvre Pierre
Je serais un petit baudet
Tellement ma tête est légère.
C'est que j'ai honte, s'il vous plaît
D'être ainsi nigaud à souhait.
Messieurs, c'est à n'y rien comprendre :
Ce défaut me fait tant souffrir,
Que j'eusse été dix fois me pendre
Si j'avais pas craint d'en mourir.

Saint-Etienne, imp. Benevent, rue de la Loire, 3.

Librairie PASTEUR, rue Froide, à Saint-Etienne (Loire).

DIALOGUES AMUSANTS

ET SCÈNES COMIQUES

Pour distributions de prix, fêtes de famille, récréations littéraires

Dialogues amusants, par A. F.

1° Le Fils Rigolo et le Père Mathurin..........prix. 1 fr.

2° Les Bossus.............................. 1

3° Jean La Grignole ou le Siècle du Progrès....... 1

4° La Veille d'une distribution de prix............ 1

Les quatre Dialogues assortis....... 3

Dans chacun de ces dialogues sont insérées ou indiquées deux ou trois chansonnettes comiques (paroles et musique) en harmonie avec le sujet de l'entretien. Chaque dialogue est également suivi de deux ou trois fables et d'un compliment.

Scènes comiques, par Jovial et Frisepoulet.

1° Jacques Godiche, ou le Jeune homme timbré..prix. 1 f »

2° Normand et Gascon, ou l'embarras du choix...... 1 »

3° L'Anglais mal servi, ou les étourderies de Pierre Léveillé .... 1 »

Les trois scènes comiques assorties............... 2 50

Envoyer un mandat ou des timbres-poste si la somme n'excède pas trois francs, à M. PASTEUR, libraire, rue Froide, à Saint-Etienne (Loire). — On expédie *franco*.